NOTA DA EDITORA

A José Olympio, uma das mais tradicionais editoras do Brasil, completou 90 anos em 29 de novembro de 2021. Pela ocasião, preparou uma série de reedições de livros históricos, que resgatam projetos clássicos que marcaram o catálogo da Casa e contribuíram decisivamente para a diversidade do mercado editorial brasileiro.

Entre elas está a Coleção Rubáiyát, que agitou o mercado livreiro entre 1930 e 1940 e continua emocionando as pessoas apaixonadas por livros. Inaugurada com o poemário homônimo de Omar Kháyyám, a coleção inicialmente reuniu clássicos orientais desconhecidos no Brasil, em excelentes traduções. Com o tempo, foi ganhando notoriedade e passou também a publicar clássicos ocidentais.

Os elegantes livros da Rubáiyát se tornaram objeto de desejo. A pesquisa, o olhar para o projeto gráfico, a tipografia, a diagramação sofisticada, tiveram a mão do editor-artesão Daniel Pereira, e a execução, provavelmente de todos os títulos, teve à frente Santa Rosa, o produtor gráfico da José Olympio, responsável por inúmeros projetos da editora.

A ronda das estações, *O livro de Job* e *O vento da noite* – os três primeiros títulos que a José Olympio retoma – representam bem o espírito da coleção. Reúnem o melhor da poesia de todos os tempos em reconhecidas traduções do renomado romancista Lúcio Cardoso. Dentre os ilustradores desses primeiros volumes estão Alix de Fautereau, P. Zenker e Santa Rosa.

Com estes volumes, há o desejo de que leitores e leitoras conheçam a importância histórica da Coleção Rubáiyát, de Lúcio Cardoso como tradutor e também da José Olympio como uma das pioneiras e mais inovadoras editoras do país.

O Vento da Noite

Copyright © Rafael Cardoso Denis © Lúcio Cardoso

Composição de capa e tratamento de imagens de capa e capitulares: Flex Estúdio

Este livro foi revisado segundo o Novo Acordo da Língua Portuguesa.

Todos os direitos reservados. Proibida a reprodução, o armazenamento ou a transmissão de partes deste livro, através de quaisquer meios, sem prévia autorização por escrito.

Reservam-se os direitos desta tradução à
EDITORA JOSÉ OLYMPIO LTDA.
Rua Argentina, 171 – 3º andar – São Cristóvão
20921-380 – Rio de Janeiro, RJ
Tel.: (21) 2585-2000

Seja um leitor preferencial Record.
Cadastre-se em www.record.com.br e receba informações sobre nossos lançamentos e promoções.

Atendimento e venda direta ao leitor:
sac@record.com.br

ISBN 978-65-5847-049-6

CIP-BRASIL. CATALOGAÇÃO NA PUBLICAÇÃO
SINDICATO NACIONAL DOS EDITORES DE LIVROS, RJ

B887v   Brontë, Emily, 1818-1848
          O vento da noite / Emily Brontë ; tradução
       Lúcio Cardoso. – 1. ed. – Rio de Janeiro : José Olympio,
       2022.

       Tradução de: The night wind
       ISBN 978-65-5847-049-6

       1. Poesia inglesa. I. Cardoso, Lúcio. II. Título.

                                  CDD: 821
21-73089   CDU: 82-1(410.1)

Meri Gleice Rodrigues de Souza – Bibliotecária – CRB-7/6439

Impresso no Brasil
2022

EMILY BRONTË

*

O Vento da Noite

Tradução de LÚCIO CARDOSO

★

Capa e ilustrações de
SANTA ROSA

★

1944
Livraria JOSÉ OLYMPIO Editora
Rua do Ouvidor, 110 – Rio de Janeiro

ÍNDICE

Emily Brontë	9
O vento da noite	13
A noite se torna mais escura...	17
Estâncias	19
A visionária	23
O filósofo	27
Fé e desesperança	31
Agora está acabado	37
A morte	47
Eis que estás de volta	51
Já não é mais tempo	55
Resposta a um aviso	57
A terra para sempre	63
De pé	67
Ao cavalo "Águia Negra" que eu montava na Batalha de Zamorna	69
Linhas	75
A noite brilhante do infinito	81
O lago morto	85
Dize-me, bela criança sorridente	87
As duas crianças	91
Este vento de verão	97
Sobre o leito	101
Como um fantasma repentino	103

Oh! por algum tempo 111
Oh! não me retenhas 115
Onde estás agora 121
O sol acabava de descer 123
Onde pois estavas tu 125
Estou de pé na floresta 129
Últimas palavras 133
Dormindo 137
Oh! a queda das folhas 139
Suplica em meu favor 141
Minha alma não teme coisa alguma 145

EMILY BRONTË

Elizabeth Bowen, no seu pequeno livro sobre romancistas ingleses, afirma que o gênio das Brontë é um fenômeno, não apenas da literatura inglesa, mas da literatura em geral, em sua acepção mais ampla. Emily Brontë, penúltima da família, nasceu em 1818. Enquanto criança, vagou pelos pântanos da terra em que tinha nascido, na companhia dos seus irmãos. Em 1846, já em Haworth, as três irmãs publicaram juntas um livro de poemas sob os pseudônimos de Currer, Ellis e Acton Bell, ou melhor, Charlotte, Emily e Anne Brontë. Inútil dizer que o livro não obteve nenhum sucesso, apesar dos evidentes sinais de genialidade que os versos de Ellis atestavam. Charlotte publica mais tarde Jane Eyre *e Emily,* Wuthering Heights, *ambos romances destinados a ficarem imortais. Do romance de Emily Brontë, nada podemos acrescentar ao que a crítica do mundo inteiro tem dito, tendo sido ela comparada com todos os grandes poetas do mundo, inclusive com Shakespeare.*

Dos poemas de Ellis Bell é a versão que a Livraria José Olympio Editora agora apresenta ao público brasileiro; tradução livre, de poemas que hoje são considerados como dos mais altos, dos mais belos e dos mais característicos da língua inglesa.

L. C.

Rio, junho de 1944.

O VENTO DA NOITE

À meia-noite de verão, mole como um fruto maduro,
A lua sem véus lançou a sua luz
Pela janela aberta do parlatório,
Através dos rosais onde o orvalho chovia.

Sentada e perseguindo o meu sonho de silêncio,
A doce mão do vento brincava em meus cabelos
E sua voz me contava as maravilhas do céu.
E a terra era loura e bela de sono.

Eu não tinha necessidade do seu hálito
Para me elevar a tais pensamentos,
Mas um outro suspiro em voz baixa me disse
Que os negros bosques são povoados pelas
    trevas.

A folha pesada, nas águas da minha canção,
Escorre e rumoreja como um sonho de seda;
E ligeira, sua voz miriápode caminha,
Dir-se-ia levada por uma alma fagueira.

E eu lhe dizia: "Vai-te, doce encantador.
Tua amável canção me enaltece e me
    acaricia,
Mas não creio que a melodia desta voz
Possa jamais atingir o meu espírito.

Vai encontrar as flores, as tuas companheiras,
Os perfumes, a árvore tenra e os galhos
    débeis;
Deixa meu coração mortal com suas penas
    humanas,
Permite-lhe escorrer seguindo o próprio
    curso."

Mas ele, o Vagabundo, não me queria ouvir,
E fazia seus beijos ainda mais ternos,
Mais ternos ainda os seus suspiros: "Oh,
      vem,
Saberei conquistar-te apesar de ti mesma!

Dize-me, não sou o teu amigo de infância?
Não te concedi sempre o meu amor?
E tu o inutilizavas com a noite solene,
Cujo morno silêncio desperta minha canção.

E quando o teu coração achar enfim repouso,
Enterrado na igreja sob a lousa profunda,
Então terei tempo para gemer à vontade,
E te deixarei todas as horas para ficar
      sozinha..."

A NOITE SE TORNA MAIS ESCURA...

Diante de mim a noite se torna
 mais escura,
As rajadas do vento são mais frias e selvagens.
E eu, aprisionada a este sortilégio,
Não posso mais partir.

Gigantes, as árvores se arqueiam,
Galhos nus sob a pesada neve;
Já a tempestade inclina mais baixo a sua
 fronte,
Por isso não posso mais partir.

Sobre mim o espaço e as nuvens;
Os desertos deságuam aos meus pés.
As solidões não me comovem mais;
A vontade se acha extinta,

Não posso mais partir.

E S T Â N C I A S

J á me reprovaram e volto sempre
Aos primeiros sentimentos que nasceram
	comigo;
Deixo de correr atrás do ouro e do
	conhecimento,
Para sonhar apenas com maravilhas
	impossíveis.

Mas hoje,
Não descerei mais ao império das sombras;
Tenho medo da sua frágil e decepcionante
	imensidão,

E meu sonho, povoado com legiões
    inumeráveis,
Torna este mundo sem forma estranhamente
    próximo.

Caminharei,
E ficarão para trás as antigas veredas do
    heroísmo,
E os caminhos já exaustos da moralidade,
E o imprevisto aglomerado de faces obscuras,
Ídolos em bruma de um passado já longínquo.

Caminharei,
Onde só agradar à minha alma caminhar,
(Não posso suportar a escolha de outro guia)
Onde os rebanhos se acinzentam no verde
    das campinas,
Onde o vento alucinado vergasta o flanco
    das montanhas.

Que pode revelar a montanha solitária?
Nada exprime sua glória e sua dor.

Minha alma dormia, quando a terra
        despertou,
E o círculo do Céu ao círculo do Inferno

Confundindo-se, à terra deram nascimento.

A VISIONÁRIA

O sono habitava a casa do
silêncio.
Só, o olhar demora ainda nas profundezas
nevoentas,
Vigia a nuvem e estremece à brisa.
Eleva-se a obscura rajada que volteia
E se inclina ao gemido das árvores.

Oh, a alegria do lar e a doçura calma do solo!
Não corre nenhum sopro, portas e janelas
fechadas.

A lâmpada, sem piscar, lança ao longe os
    seus raios
E eu preparo esta estrela ao viajante da
    sombra.

Altivo e orgulhoso senhor, e vós, dama
    inclemente,
Espalhai os espiões e tramai a minha
    infâmia:
E mesmo com os vossos escravos não
    sabereis jamais
Qual o anjo que todas as noites deixa nas
    neves desertas
A marca de seus passos.

O bem-amado voltará;
Ele me visitará ligeiro como o espaço,
Pois, forte e secreto, escapa às armadilhas,
E jamais meus lábios trairão aquele que me
    ama.
Que me importa a vida, se pura permanece a
    minha fé!

É preciso arder, pequena lâmpada, é preciso
　　　brilhar;
Tua flama será altiva e clara...
O espaço se agita docemente, uma asa
Passa, silêncio... não será minha alma?
É somente o sinal do bem-amado à minha
　　　espera.

Força misteriosa,
Ó Poder!
Em ti coloco minha esperança,
E sempre permanecerei fiel à minha espera!

O FILÓSOFO

Detém-te, filósofo!
Sem luz o teu sonho existiu durante muito
 tempo,
Neste quarto escuro.
E no entanto, o verão resplandece ao sol!
Alma sequiosa dos espaços,
Dir-me-ás a tristeza que canta
E que ainda desta vez destruiu os teus
 sonhos?

Oh, quando virá o tempo em que poderei
 dormir,

Libertada de mim mesma,
Sem mais cuidar da chuva e suas profundas
　　　águas,
Sem mais cuidar da neve!
Nem a promessa do Céu poderá reter
A impetuosa onda dos meus imensos desejos.
Nem a ameaça do inferno e seus eternos
　　　fogos
Poderão dominar o ardor desta alma
　　　rebelde...

O que eu disse, repito ainda,
Sempre, até à morte eu o direi...
Três deuses, neste ser mesquinho,
Combatem noite e dia.
Nem mesmo a amplidão do céu poderá
　　　contê-los...
E no entanto, é o meu corpo que encerra
　　　estas três almas.
Dentro de mim deverão viver até que eu
　　　tenha esquecido
Minha entidade presente.

Oh! quando virá o tempo, quando terão fim
Estes combates no meu coração...
E o tempo do repouso, o fim do sofrimento!

Não faz muito tempo,
No mesmo lugar em que estás agora, ó
      pobre mortal,
Um espírito me apareceu...
Em torno dos seus pés fugiam três rios
Da mesma profundidade.
A mesma força dava vida às suas correntes.
Um era de ouro — o outro, colorido em
      sangue.
O terceiro de safira parecia.
Mais longe suas três vagas se confundiam
E se perdiam num mar cego.
O espírito, com o seu olhar agudo como o
      raio,
Perfurou a noite morna do oceano.
Então, incendiados com sua flama
      repentina,
Os alegres abismos clarearam o espaço,
Mais brancos do que o sol,
Ultrapassando em beleza sua fronte dividida!

Mas para achar esse espírito, profeta,
Velei, sondei, usei a minha vida inteira.
Percorri o céu, o inferno, a terra e o ar,
Numa procura infinda e cada vez mais vã.
Oh, se eu pudesse vislumbrar a luz do seu olhar,
Iluminando um instante o caos das nuvens
E minha alucinação!
Não teria então lançado esse grito de covardia,
Resignado o pensamento e denunciado a vida,
Não teria chamado de bendito o poder de esquecer...
Nem, estendendo para a morte as minhas mãos impacientes,
Implorado que em troca de um morno repouso,
Me arrebatassem esta alma palpitante
E este sopro de vida.
Oh! deixe-me morrer... e que logo se acabe
A terrível disputa entre o corpo e a alma.
Que o mesmo Sono para sempre absorva
A derrota do bem e o mal triunfante!

FÉ E DESESPERANÇA

Em voz alta passa o vento de
    inverno como um louco;
Vem a mim, ó criança adorável!
Renuncia à leitura e aos teus jogos
    solitários,
E enquanto a noite se alteia e empalidece
Contemos outros casos para passar as horas.

Iernë,
Em torno ao grande *hall* a porta bem
    fechada.
Chamam inutilmente os sopros de novembro,

Pois nem o mais leve suspiro entrará nesta sala,
Nada poderá agitar os cabelos de minha filha,
E meus olhos seguem com alegria a chama clara
Que nasce da sua alma e suaviza seu olhar,
Feliz por sentir a carícia de uma fronte
E ter um seio onde repousar em tranquila confiança.

Mas amargos pensamentos vêm perturbar minha alma,
Mesmo neste asilo onde encontrei a paz.
E ao vermelho brilho destas flamas,
Penso nos desfiladeiros profundos
Já fartos pela neve.
Penso nas planícies e nas montanhas brumosas,
Onde a noite se fecha no escuro e no frio,
E onde, sozinhos nos montes e cobertos pelos gelos,
Os que eu amei outrora
Jazem.

E tenho o coração sufocado por um morno
 desespero;
Em vão me consumo em murmúrios e
 queixas,
Pois sei que nunca mais tornarei a vê-los!

Eu ainda era uma criança, meu pai,
E tu estavas longe de mim, além dos mares.
Eu vivia sob o jugo destes tristes
 pensamentos.
Sentada, atravessava as horas sem mover-me,
E assim passava as noites de fúria e de
 tormenta.
De pé, do meu lugar, seguia com esforço
A lua tenebrosa e em luta pelo céu.
Forçava então o ouvido a perceber o choque
Da rocha contra a vaga e da vaga contra a
 rocha.
E assim passava as vigílias de pavor,
Sem jamais repousar desta perene escuta.
Mas a vida e o mundo são povoados de
 terror;

Só, meu pai,
Não há pavor no país da morte.

Os mortos não voltariam o olhar ao nosso desespero.
Eles não sabem o que é a tristeza das tumbas,
Pois misturam sua poeira às ervas da terra.
Abençoadas, suas almas já repousam em Deus!
Era assim que me falavas — e no entanto suspiras
E lamentas em segredo contra a morte fatal
Que aniquila os teus amigos.
E me dirás por que, ó pai querido?
Se dizias a verdade, era vã a tua pena,
Pois nada vale chorar a sorte da tenra semente
Que cresce incógnita sobre a árvore do nascimento
E um dia cai ferida ao solo fértil
E rebenta mais tarde em gloriosa floração:

Na terra mergulha suas raízes
E aos frios sopros do céu oferece os seus
      braços verdes.

Mas àqueles cujo corpo achou o Sono,
Não quero mais votar as lágrimas e os
      temores,
Pois sei que existe uma praia bendita,
Que para os meus e para mim abre o seu
      porto imenso.
E, contemplando as infinitas águas do
      Tempo,
Desfaleço na esperança desta divina região,
Onde nasce o dia e onde voltaremos a
      encontrar
Aqueles que nos eram caros
E que foram salvos da dor e do estigma,
Entregues para sempre à divindade.

Falas bem, doce e fiel criança,
Num tom mais sábio do que o teu velho pai.
E este mundo varrido pela fúria das
      procelas

Dará mais força ainda ao teu desejo,
À tua ardente esperança de atingir,
Através da tempestade e da sua baba que
    espuma,
Dos ventos gelados e do grito rouco das
    vagas,
A eterna mansão,
A região bendita das Formas imutáveis.

AGORA ESTÁ ACABADO

Ó Deus do Céu! Está
acabado agora!
Acabado o sonho horrível, o sonho de terror,
O coração partido, as áridas tristezas,
Os fantasmas da noite, a aurora plena,
E os dilaceramentos deste mal estranho.

A queimadura sem fim das lágrimas
        teimosas,
A queixa que suspira e lamenta cada
        lágrima,

E desborda, e se arranca à sombria mansão.
A vida parecia fugir através destas portas
    abertas,
Mas renascia sempre do mesmo desespero.

A noite branca e a garganta cerrada de
    angústia,
O ranger de dentes e os olhos do medo,
E a eterna agonia desta longa espera,
Quando, no escuro céu dos destinos
    implacáveis,
Não se via brilhar mais nenhuma chama de
    esperança.

As impacientes cóleras,
Os inúteis esforços para dissipar
Os sonhos que nunca deviam ter nascido!
E a alma esmagada pelos pensamentos,
Tonta, quase a desmaiar sob a tortura,
Até o dia em que o corpo se recusou a sofrer
    mais.

Agora está acabado,
Sou livre.

O alto vento do mar me enobrece e me
 acaricia,
O vento, grande vagabundo das planícies
 ondulantes,
Que eu julgava perdido e sem esperança de
 volta.

Eu te bendigo, ó Mar faiscante,
E tu, esplendor arqueado,
E tu, Universo, tu em que repousa minha
 alma!
Sede benditos... E minha voz desfalece.
Não é mais a tristeza que me cinge a
 garganta,
Mas sobre a palidez das faces sinto uma fria
 mágoa
Escorrer como a chuva que desce ao longo
 da planície.

Durante muito tempo este líquido molhou a
 minha prisão,
Gota a gota, escorreu sobre a pedra úmida e
 cinza.

As lágrimas me perseguiam até em sonhos,
A noite como o dia me enchia de terror.

E eu chorava também, quando a neve de
 inverno
Através das grades rodava na tempestade.
Mas então minha alegria se tornava mais
 tranquila,
Pois tinha medo de tudo, nesta morte das
 coisas.

O tempo mais amargo, o mais terrível,
Era quando o verão brilhava no seu
 esplendor,
E lançava sobre as paredes um clarão
 esverdeado
Que falava de planícies e ridentes bosques.

Muitas vezes sentei-me até mesmo no chão
 gelado,
Contemplando no céu um efêmero clarão.
E minha alma, sem ver as trevas reinantes,
Lentamente partia para as terras serenas,

Para a abóbada divina onde o céu triunfava,
Para o azul puro com o ouro das nuvens,
Para o teto paternal da minha antiga
    mansão,
Igual,
E no entanto tão velha aos olhos da
    memória!

Oh! ainda agora
Eu as vejo voltar com enorme terror,
Estas paixões, cuja onda subia como o mar,
Quando, cabeça baixa, sobre os joelhos,
Asperamente lutava para domar os meus
    soluços.

Precipitava-me sobre a pedra com raiva,
E gritava, arrancando meus cabelos
    emaranhados;
Quando a rajada tinha levado sua asa para
    mais longe,
Eu permanecia no chão, muda e sem
    esperança.

Às vezes uma oração, ou às vezes uma
    blasfêmia,
Sacudia num estremecimento o deserto da
    minha língua.
Mas a palavra expirava sem despertar eco
E morria no seio que vira o seu nascimento.

Já então o dia agonizava nas alturas,
E a noite estancava seus últimos clarões.
Minha desgraça emprestava à febre
    adormecida
A estranha forma e o espectro de um sonho,
E terríveis visões me forçaram a conhecer
Os imensos desertos da dor humana.

Mas agora está bem acabado;
Para que voltar à mesma vereda,
Meditar e chorar sobre sentimentos mortos?
Liberta-te dos ferros e repudia as correntes,
É preciso viver, amar e sorrir de novo!

Os anos devastados, a mocidade perdida,
Sepultados para sempre no escuro do
    cárcere,
A dor que rói, as lágrimas sem esperança,
Deixa-as para sempre no abismo do
    esquecimento!

A MORTE

Ó Morte! Feriste,
E eu estava confiante,
Tinha posto minha esperança nas alegrias
 a vir...
Tu, ó ceifadora, fere ainda,
Tu que cortas do Tempo os ramos
 ressecados
Enquanto reverdece a fresca Eternidade!

Sobre o galho do Tempo cresciam as folhas
 claras,
E sua seiva se alimentava de um branco
 orvalho.

Aí os pássaros procuravam um asilo noturno
E a abelha selvagem, apaixonada pelo dia,
Voava circulando acima de suas flores.

Porém, de passagem, a desgraça feneceu o
    ouro florescido,
Depois a maldade pilhou o esplendor da
    folhagem.
Mas nos flancos generosos que lhe tinham
    dado nascimento,
Sem fim a Vida lançava uma vaga
    reparadora.

Derramei algumas lágrimas pela alegria
    desaparecida,
Sobre o ninho morto entoei a canção do
    silêncio.
Todavia a esperança que velava
Acabou por expulsar a tristeza com o seu
    riso.
Baixinho ela murmurava:
"Dentro em pouco o inverno itinerante
    deverá retirar-se!"

E eis aí!
A primavera multiplicou os seus favores,
Enquanto o ramo vergava de enorme beleza;
Os ventos, a chuva, o fervor do sol,
Para saudar este outro Maio,
Prodigavam sem descanso suas carícias
    gloriosas.

Ele se elevou muito alto.
Mesmo assim, a desgraça alada ainda não o
    podia tocar.
O Mal não podia vencer o brilho de seus
    raios.
O amor, a vida secreta de seu ser,
Teriam sabido preservá-lo deste golpe
    ultrajante,
Do estigma,
Se tu não tivesses vindo.

Ó Morte cruel!
A folha ainda inclina sua mocidade
    languescente.

Talvez ainda... espere um pouco na
      doçura da noite...
Não!
O sol da manhã zomba das minhas angústias.
Ai de nós, para mim o Tempo acabou de
      florescer!

Apressa-te a ferir:
Outros ramos poderão desabrochar,
E compensar a morte deste pobre embrião.
Ao menos este corpo alimentará com sua
      poeira
O princípio eterno que lhe deu à luz!

EIS QUE ESTÁS DE VOLTA

Ah! Eis que estás de volta esta
    noite,
Para despertar ainda
O que eu julgava morto nos abismos do ser.
A luz aumenta;
De súbito, o coração ardente espalha sua
    luz vermelha.

Agora que vejo a palidez de tuas faces,
As grandes planícies de teus olhos,

E que uma palavra mal se desprende dos
 teus lábios,
Adivinhei o curso estranho do teu sonho,

E poderia jurar que este vento triunfante
Dispersou para bem longe as imagens do
 mundo,
E afastou do teu coração a memória
 inoportuna,
Semelhante às flores de espuma que recolhe
 a onda:

E agora és um sopro do espírito
E tua presença é um dilúvio penetrante,
O raio que brame no meio das tormentas
E o suspiro final da tempestade que morre.

És o vasto encanto em que se embala o
 universo,
Somente tu escapas à sua fascinação.
A vida rebenta sem descanso de tua fonte
 poderosa
E sobre ti agora a morte já não tem nenhum
 poder.

Assim, quando a morte tiver enrijecido o
    teu seio,
Tua alma subirá mais alto do que a sua
    prisão,
O cárcere misturará sua pedra à poeira,
A escrava confundida se perderá nos céus,
E a Natureza inteira acolherá o teu ser;
Tua alma se perderá nas dobras da sua
    Alma,
E seu hálito receberá então os teus suspiros.

Ó mortal!
A fábula da vida é narrada bem depressa,
Mas basta uma vida — para não se morrer
    jamais.

JÁ NÃO É MAIS TEMPO

Já não é mais tempo para te chamar ainda,
Não quero mais embalar este sonho.
Assim o raio de alegria não durou senão um
        momento
E a dor infalível logo voltou impetuosa.

E depois a bruma já se levantou a meio;
A rocha estéril exibe o seu flanco nu,
Onde o sol e os primeiros olhares da aurora
Acabaram por adorar suas imagens
        nascentes.

Mas na memória fiel da minha alma,
Tua sombra amada será eternamente
 emocionante,
E Deus será o único a reconhecer sempre
O asilo abençoado que abrigou minha
 infância.

RESPOSTA A UM AVISO

Na terra — na terra —
    colocar-te-ão,
Com um céu de pedra cinza,
Sobre um leito de terra negra,
Com a negra terra para te cobrir.

"Ao menos aí poderei repousar;
Possa tal profecia surpreender-me dentro
    em pouco,
O tempo em que meus cabelos de fino sol
Misturar-se-ão sob a terra às raízes da erva."

Mas este lugar é mais frio do que o inverno.
E fechado para sempre à alegria de ser livre.
E aqueles a quem seduzia o calor da tua face,
Estremecerão de horror ao deparar-te.

"Não.
O mundo em que vivemos é uma seara de
    frêmitos.
Eu sou a árvore do inverno,
A amizade foi para mim a folha
    decepcionante.
Mas talvez AO LONGE gostarão de me
    conhecer
E dar à minha imagem uma justa memória."

Deverias renunciar a este grande amor,
Aos ternos jogos da humana piedade:
Oh! não te despertes,
O grande riso do Céu rompe acima da
    nossa cabeça,
Jamais lamenta a Terra a uma Ausência.

E a erva, a poeira e a lousa solitária
Terão dispersado dentro em pouco a
      humana companhia;
Só o eco do suspiro se desola neste mundo.

O único ser... e esta alma era digna de ti!

A TERRA PARA SEMPRE

Dize-me, a terra para sempre
Cessou de inspirar-te,
Vasta e desolada sonhadora?
E já que a paixão não pode mais inflamar-te,
Serás dagora em diante rebelde à natureza?

Teu espírito se inquieta e se aventura sem
      descanso
Pelos cegos países onde és estrangeira.
Oh! não o permitas mais extraviar-se assim,
Volta a partilhar minha mansão.

Sei que a montanha conservou seu hálito
E o encanto calmo que sempre te possuiu.
Sei que meus sóis causam sempre tua alegria.
Apesar da vontade de tua alma indócil.

Quando a hora empresta ao dia a luz da noite,
E esta, quase a morrer, desfalece no céu de verão,
Eu vi o teu ser curvar-se
E ceder teu espírito ao amor idólatra.

Presente, continuei inclinada sobre tuas horas.
Conheço o meu império e sei o seu poder,
Não ignoro a força dos meus encantos:
Ela obriga a dor a afastar-se de ti.

Mas na humana assembleia existem poucos corações
Que ardam ao ímpeto de um desejo mais selvagem,

Pois o comum dos mortais suplicaria que o
 Céu
Fosse para ele a imagem do mundo em que
 suspiras.

Não sejas mais rebelde às carícias do vento.
Deixa-me, perto de ti, viver como fiel amiga.
Sou a única que pode trazer-te a felicidade,
Oh, volta agora a partilhar da minha
 mansão!

DE PÉ

De pé,
Perto desta água morta e triste,
Sob o inverno dos raios e os lagos da lua,
Ele sonha ainda com a obra do assassino,
Mais pesada em seu coração que a pesada
      noite.

Ela veio, a voz do sonho esfacelado,
Devagar no ar silencioso,
Como a mão que não tem força.

E no entanto, antes do negro grito dos
        corvos,
Ele estava ali, de pé, indiferente.
E no entanto, ouvia.

Assim ouviu a voz,
Doce como um perfume, chamar pelo seu
        nome,
Uma vez somente.
E depois o eco esmoreceu aos poucos...
Mas viam-se fugir, a cada batida do coração,
As asas do horror.

A mesma vida sempre acabava de morrer.

AO CAVALO "ÁGUIA NEGRA" QUE EU MONTAVA NA BATALHA DE ZAMORNA

Negro palafrém da noite,
Tu não me transportarás mais,
Sobre a planície avermelhada que pisava a
 guerra:
A raivosa batalha acabou por morrer
E plana como a alma acima dos cadáveres.

Não se ouve mais o choque das brilhantes
 armaduras.
Tu não me carregarás mais; outrora me
 transportavas

Ao combate mais rude, onde a morte
    triunfava
E fendias com teus flancos as ondas de
    nobre sangue.

Os olhares gelados no céu das meias-noites
Não mais te inundarão com sua luz gelada,
No instante em que a fadiga acabou por
    deitar
O exército do conquistador no campo da
    vitória.

Podes enfim dormir no leito de tua glória,
Não te verão mais nos horríveis
    descampados.
Mas em troca teu senhor e mestre te dará
A alta recompensa da lealdade no amor.

Podes dormir na erva cheia de brancas
    flores,
Ou repousar teus passos junto às vagas
    tranquilas,

Até o dia em que a Morte,
Em grandes gritos e soando o seu último
 clarim,
Vibrar de repente o sinal da tumba.

L I N H A S

O ar azul sem nuvens acaricia
o olhar
E todo o ouro, e o verde, e o louro da terra
Como em novo Éden rebentam nos ares.
Na terra e no ar encontrei o repouso.

Estava deitada sobre a erva e deslizei
devagar
E mergulhei ao fundo, onde reina a minha
infância;

Vi perderem-se ao longe as severas ideias,
E a doce memória triunfar finalmente
Das furiosas paixões e das pungentes iras.

Mas nele,
Que o sol agora iluminava
Banhando aquela fronte queimada, austera
    e negra,
Talvez despertassem (como adivinhá-lo?)
Os ecos de um murmúrio ou a doçura de
    um sonho,
Uma derradeira alegria, que depois de anos
Perdida numa frágil noite se tenha fenecido.

Este homem rude, de férreo coração,
Parecia-se comigo outrora:
Talvez tenha sido uma criança grave,
    ardente,
E sua infância deve ter visto
A glória e os verões do céu.

Bem podem ter gemido no seu coração
    ocultas tempestades,
Mas saberá ele esquecer em sua alma
    deserta
A antiga lembrança da primeira mansão?
Esquecer para sempre, sem esperança de
    volta?

Nem jamais voltar a ver a imagem de sua
    mãe,
Quando, relaxando os braços doce e
    ternamente,
Abandonava a criança que seu coração
    preferia
Aos folguedos e aos jogos que duravam até
    à noite?

Nem os lugares amados, nem as colheitas
    de flores,
Que a mão pequena apertava com ardor,
Ao voltar dos jardins onde a noite baixava,
Misturando-se suave aos seus calmos
    cabelos?

Eu olhava a brisa
Brincar ligeira e beijar-lhe as faces;
Olhava seus dedos, fechados entre as rosas,
E espiava descer à sua face
Uma outra sombra, efêmera e dócil,
Que na sua passagem lançava àquela alma
A ternura de um sonho.

Os olhos circulavam através da janela aberta
Do jardim cheio de reflexos ao céu
    maravilhoso.
E a espessura dos bosques se fazia mais
    profunda,
Aos cantos harmoniosos da terra inumerável.

Ele silenciava, e eu pude acreditar
Que talvez seu espírito consentisse ao
    repouso,
Submetendo enfim aquele atormentado
    coração.
E na sua alma talvez surgisse a vaga
Do tranquilo oceano que alimenta o sonho.

Quero estar mais próxima de espetáculo tão
 belo:
Verei seus olhos negros
Enfraquecerem e se velarem sob um santo
 orvalho,
E o remorso despertar na sua consciência
Para livrá-lo um pouco do peso destas
 culpas.

Eis talvez a hora em que os destinos
 sonharão
Com o fim deste fatal poder que o Inferno
 ostenta.
Ver-se-á o próprio Céu descer das suas
 alturas
E saudar a alma em gritos, e o Amor que
 salva.

Atenta, em segredo, retive os meus olhares.
E devagar meu pensamento seguiu o raio
 de luz,

Cujo brilho tinha furtado à sua passagem:
Surpreendi então nas suas pupilas a fria
    indiferença
Com que fitava impassível o esplendor do
    lugar.

Oh!
O crime pode envelhecer uma alma ainda
    jovem,
Mais cedo do que os anos de exaustivo
    sofrimento,
E congelar o calor de um sangue generoso
Como o vento de inverno ou a neve dos
    polos.

A NOITE BRILHANTE DO INFINITO

A noite brilhante do infinito
Será mensageira de notícias,
Mas é preciso que saias ao vento da
    planície.
Vigia então
E verás um pássaro:
Hás de reconhecê-lo pelo negro voo de suas
    asas,
As garras e o bico avermelhados de carniça.

Na planície, não distraias teus olhos dos ares
E seguirás sem um grito o traço de suas asas.

Dentro em pouco hás de vê-lo descer sobre a campina.
Lembra-te deste lugar.
E depois, ó viajante, de joelhos sobre a terra,
Rezarás.

Qual o destino que te pode aguardar,
Não quero, não ouso dizê-lo.
Mas o Céu se comove com as preces ardentes,
Deus sabe ser piedoso.
Que a sorte te seja propícia!

Não era o orgulho e nem o vão pudor:
Ela deixou de repente a grande sala iluminada.
Tinham-na esquecido: talvez sofresse,
Sem no entanto se afligir com uma queda tão rápida.

Ei-la de pé, sozinha, no seio da multidão,
E na verdade

Perdida como uma criança que desconhece
    o amor.
E em volta vê suas companheiras,
O riso nos lábios orgulhosos,
Atravessando o dédalo escorregadio dos
    prazeres.

Todos se inclinam respeitosamente aos seus
    desejos,
Todos se sentem felizes em escutá-los.
Pouco lhe importa, porém é real a sua dor
Em reter no canto dos olhos uma lágrima
    que treme.

Mas por que chora ela?
Por que foge
Ao longo do parque e no caminho do dia
    desolado,
Depois de ter rompido tantas cadeias
    preciosas
Na esperança de encontrar
O áspero caminho da solidão?

E eis que descansa agora à sombra de um
        cedro,
Indiferente à hora em que a chuva repousa,
E só, tendo entre o seu corpo e o céu que
        escorre
O triste cedro e a noite de seus galhos.

Durante muito tempo permaneceu ela nesta
        galeria:
Eu a vi contemplar estas pequenas crianças.
Longas horas brincaram,
De coluna em coluna,
Depois corriam e, saltando,
Desapareciam sob a escada de mármore.

O LAGO MORTO

O lago morto, o céu cinzento
 ao luar;
Pálida, lutando, coberta pelas nuvens,
A lua;
O murmúrio obstinado que cochicha e passa
(Dir-se-ia que tem medo de falar em alta
 voz).

Tão tristes agora,
Recaem sobre meu coração,
Onde a alegria morre como um rio deserto.

Minhas pobres alegrias...
Não as toqueis,
Floridas e sorridentes.

Lentamente, a raiz acaba de morrer.

DIZE-ME, BELA CRIANÇA SORRIDENTE

Dize-me, quero saber, bela
 criança sorridente:
Que imagem a teus olhos desperta o
 passado?
— "Uma noite em que morre o outono, na sua
 mole doçura;
O vento arrasta o luto,
Suspira."

Mas, dize-me, que imagem evoca o
 presente?
— "Verde e florido, o tenro galho
Onde o pássaro pousa e reúne suas forças,
Para tomar alento e voar ao longe."

E o futuro ainda, ó bendita criança?
— "O oceano, em que se mira um sol sem
 nuvens;
O oceano do poder onde cintila a glória;
A planície azul sem fim."

. . . .

A comovente harmonia das músicas divinas,
A glória e a grandeza dos dias alegres,
As auroras brilhantes de esplendor em torno
Secaram lentamente, como a erva da Alegria,

Abandonadas pela Dama de loura beleza:
Ligeira e sem vê-las ela passa, estrangeira,
Velando a fronte para esconder uma lágrima,
Que se obstina e, trêmula, ameaça cair.

Depressa atravessou a grande sala da mansão
E sobe a passos apressados
Ou atravessa correndo as galerias obscuras,
Cujo eco, respondendo aos apelos da brisa,
Canta o hino deserto
E as vésperas do tufão que devasta a noite.

AS   DUAS   CRIANÇAS

I

Presa ainda está a volumosa gota
 d'água,
E sob seu peso se curva o jovem ramo;
Dificultosamente a bruma arrasta seu ventre
 molhado
Sobre os planaltos longínquos em que os
 caminhos se perdem.

O céu escuro e lento, como uma triste
    miragem,
E as pesadas ondas do mar que se desen-
    rolam sem fim;
O coração da criança bate em grandes golpes
    de angústia
Sob a árvore desolada que se eleva ao longe.

Nem a menor fenda, desde o amanhecer,
Riscou com um traço azul as nuvens espessas.
Jamais a criança viu mais pálido sorriso
Roçar a face oculta do seu destino.

Severo defensor dos primeiros anos,
E protetor alado dos prazeres da infância,
Nenhum anjo da guarda jamais terá
    conhecido
Os mornos desesperos desta pequena alma
    solitária.

O dia se afasta a passos ligeiros
Sobre as penosas veredas destes dias
    sombrios.

E a criança, na triste aurora da sua vida,
Assiste ao melancólico cair da noite de seus
    anos.

Sempre, antes de abrirem as suas pálpebras,
    as flores
Elevam uma oração ao sol,
E ele, sem o saber, faz os mesmos votos
À pequena rosa humana, privada de calor.

Ó tu, bela flor, que os sopros do oeste
Não puderam jamais cumular com suas ricas
    carícias,
Tuas pétalas não conheceram nunca os
    perfumes
E teus orvalhos têm sempre o mesmo
    estremecimento de neve.

E tu, pobre alma, onde a humana bondade
Não vê jamais se abrir uma jovem promessa,
Tu és bela e estéril, e conheço em ti
O esplendor do caniço sobre uma rocha árida.

Bela alma, e tu, ó bela flor,
Para vós é chegado o tempo de fenecer!
Fostes neste mundo uma inútil oferenda:
A terra não soube conceder a sua felicidade
Aos malditos que não tiveram o favor do
    Céu.

II

Bela criança de felicidade nos cabelos de sol,
O mar está nos teus olhos, o mar e seus
    abismos!
Ó sopro da Alegria, que vens fazer aqui,
Sob o céu intratável onde se obstina o tédio?

Tua mansão deve ser uma primavera eterna
Onde, pleno, o dia se recusa a morrer;
Celeste visitante! Por que tua asa errante
Vem a esta criança
Trazer o auxílio e o apoio de tuas lágrimas
    divinas?

Ah! Não é o céu que eu deixei por ele;
Também não venho dividir a sua dor.
A sombra não pode aniquilar o esplendor de
um dia
E a mocidade ri das nuvens negras.

E eu, doce reflexo das alegres claridades,
As lágrimas de criança despertam a minha
piedade
E fiz votos para aliviar sua tristeza se fosse
necessário,
Dando-lhe um pouco da minha ventura
extasiante.

Pesada é a noite, que fecha seus negros olhos.
Suas ordens serão terríveis e secretas:
Mais felizes serão os sonos dolorosos
Onde a pena repousa;
Mais felizes os que velam, meus atentos
irmãos.

Os que velam o amor na cabeceira da febre,
Colocam na fronte ardente o bálsamo da
piedade.

Como o pássaro confiando na vaga furiosa,
Sem temor se balança no sulco das ondas,
Assim ao abrigo, sem frêmito,
Minha alma se embala na luz tranquila!

Haverá então um anjo que a vela.
Sem temor poderei afrontar as malícias da
      sorte,
Pois o amor triunfará dos poderes fatais.
Meu coração tem mais amor que ternura
      em um anjo!

ESTE VENTO DE VERÃO

Este vento de verão rodopia
    conosco,
Rodopia através das auroras do dia;
Mas é preciso que antes do cair da noite
Partas com este divagante para bem longe.

A voz que chora no adeus,
De tua alma será fiel companheira,
Enquanto a vaga subindo das colinas
    distantes,

E o débil horizonte das ribeiras moventes,
Não tiverem elevado ainda, para sempre,
    suas barreiras.

Sei que cometi uma grande injustiça
Para contigo,
E para com o Céu também;
Sei que devia passar a minha vida, talvez,
A chorá-la,
Sem merecer jamais o perdão.

Em vão correrão minhas lágrimas:
O arrependimento ainda será pouco
Para destruir tantas mentiras,
Pois a dor é impotente
Para consumir a palavra adeus!

E no entanto, o futuro te promete repouso,
Tua alma é realmente muito pura!
Mas eu, que tive coração para tal falta,
Também acharei força para arrastar o fardo.

Mais tarde,
E além deste mundo de furiosas disputas,
Que põe na sua destruição uma raiva juvenil,
Tua fé morta e perdida
De repente se lançará às fontes da vida
E meu remorso

Morrerá.

SOBRE O LEITO

Sobre o leito iluminado com
celestes resplendores,
Ele repousa
No declínio da vida.
Deste jovem santo abandonei a cabeceira
E meus olhos desde então
Caíram sobre os teus.

E foi um dia de verão
Que viu sua alma se evolar.
Mas tua alma esperou para tomar voo

A estação dos terrores:
Foi por uma noite de inverno.

....

Sobre a paz lenta do seu coração,
Ela embalava a pequena criança.
O sol descia para o inverno do poente,
Vagaroso e esplêndido como um sorriso.
Inclinada, penetrei o fervor do teu olhar,
E vi nele a tristeza que ardia como uma
       flama.
Ouvi os suspiros rasgarem-te o coração
E invejei o teu desespero.

....

Oh, ir para a tumba,
Levando a nostalgia de morrer antes do
       tempo!

Há muito, este sonho já estava escrito.

COMO UM FANTASMA REPENTINO

Como um fantasma repentino,
Um pálido clarão rompeu esta brecha
E estremece na parede inquieta da cidade.
O trovão se prolonga através da noite,
Anunciando a nossa vitória e o fim de
      Tyndaro.

E já ao longe, os gritos do vento
Se perdem num morno silêncio.
Distante, o céu ameaçava a neve sufocante.

E pálido, sorridente, o olhar da lua
Descansou sobre a noite destas ruínas
    fumegantes.

Tudo estava bem acabado — a fúria das
    batalhas,
Os vômitos de fogo, os canhões que rugiam,
As queixas e os gritos, o alegre frenesi,
E a morte, e o perigo, e o calor dos combates.

Na igreja violada onde os mortos se
    amontoavam,
O cavalo relinchou de fadiga e de fome;
E o soldado ferido repousou a cabeça
No quarto destelhado onde o sangue rolava.

E eu não pude dormir,
Tanto me possuíam os demônios da luta
E o fogo agitado e furioso do meu coração.
Fora o tumulto parecia esmorecer
A tempestade em que minha alma se fechara.

· ·

Mas estes sonhos, sempre, me são intoleráveis.
No silêncio se aguçam os dentes da minha
      dor.
E eu senti as águas plenas do desespero
Voltarem pesadamente a encher o meu peito.

Minha cama erguia-se num grande pátio em
      ruínas,
As janelas davam para os jardins dos mortos,
Onde a Palidez cobria com seus frêmitos
      iguais
A urna, a pedra e a grama pisada.

O ar entrava livre pelos vidros partidos,
E arrastava com ele uma queixa perdida,
Um eco, cujo horror me deixou sem palavra,
Transida com a minha própria solidão.

Um cipreste negro e desolado subia até à
      janela,

E eu acreditei que ele ia viver e suspirar
através dos galhos.
Longos, seus dedos lúgubres e úmidos de
neve
Batiam contra as pesadas grades de um
antigo sepulcro.

E eu escutava — não: isto devia ser a Vida,
Hesitando em deixar um coração
abandonado...
Ó Deus! Por que este grito que gela o meu
coração?
Por que este gesto de agonia que só traz
angústia?

Um sonho, um sonho vago que arrasta o
terror,
Um sonho, de onde voltavam coisas muito
antigas,
Uma lembrança cuja luz ardente,
Como o vento dos esfacelamentos,
Batia a asa sem descanso sobre a minha
cabeça.

E foi então que eu vi nascer o espanto,
Filho do meu delírio.
Desci correndo a escada de velho carvalho
E já a porta está sob meus dedos,
A porta cujos gonzos retorcidos
Se partem aqui e ali sob os golpes da lua.

Para que meditar — e suspendo a trave:
Os olhos feridos pelo esplendor do granizo,
E no espaço o céu, onde as estrelas
Imóveis acalentavam a agonia das memórias.

E ali eu vi a catedral se levantar,
Como um grande corpo,
Como um rei destronado,
Ainda majestoso,
Altivo, contemplando da sua paz soberana
O reino da Morte onde jazia a dor.

Agora, é a noite;
O sol desce,

Escorrendo no horizonte o fulgor dos seus
 ouros;
A cidade, vagarosa, abandona o murmúrio
E docemente se mistura ao sopro que a afaga.

No entanto, creio ver uma planície fúnebre
E estou na escuridão. É Outubro e tudo é
 plano,
Os pilares da noite ameaçam ruir,
Enchendo o negro céu e a abóbada de
 tormentas.

OH! POR ALGUM TEMPO

Oh, por algum tempo enfim,
Deixo de lado a tarefa fatigante!
Posso cantar, sorrir,
Posso escolher, posso sorrir,
Tanto tempo quanto durar a pausa.

Onde querias errar, ó coração fatigado?
Que espírito, que cenários convidam-te
      agora?
Mas onde estão as longínquas, as próximas
      paisagens
Em que minha fronte fatigada achará o
      repouso?

[*111*]

Perdida nas colinas áridas do deserto,
Entre o rugir dos ventos e o vergastar das
 chuvas,
Conheço um país.
Se a morna tempestade lavra aí seus arrepios,
Sei onde existe uma luz de brilho generoso.

Vejo a casa antiga e as árvores nuas,
A torre inclinada da noite,
O céu vazio e sem lua.
Mas não conheço nada que me seja tão caro
Ou que eu tenha desejado tanto quanto esta
 casa e esta lareira!

O pássaro mudo descansa sobre a pedra,
A parede escorrendo musgos apodrecidos,
A magreza dos espinheiros, as aleias
 devoradas pelas ervas,
Tudo isto eu amo! Sem descanso, despertam
 meu coração.

Enquanto assim sonhava vi desaparecerem
O quarto nu e a chama hostil.
E deixando a alegria pouco a pouco as suas
    trevas
Vi o dia se abrir brilhante e sem nuvens.

Só e humilde, uma aleia verdejante
Dava de repente sobre uma vasta planície.
O sonho azul-escuro das montanhas distantes
Traçava de todos os lados o sinal das suas
    cadeias.

O céu era tão claro, a terra tão tranquila,
O ar era tão doce, tão leve e adormecido...
E exaltando ainda o sonho e o sortilégio,
O campo onde pastava um rebanho de
    carneiros.

Era bem o cenário: eu o reconhecia,
A curva larga, a erva rasa da vereda,
Que, subindo ao longo das colinas,
Denunciava a trilha vagabunda dos
    rebanhos.

Se eu pudesse deter-me mais tempo em tais
 lugares,
A áspera semana teria sido bem paga...
Mas o mundo e a vida triunfaram do sonho:
A pressão veio, e a tarefa é sufocante!

Meus olhos ainda estavam impregnados pelo
 encanto,
Cheios desta felicidade tão calma e tão
 segura...
Porém a hora e o repouso já tinham
 desaparecido,
E então o trabalho, as cadeias, o tormento...

OH! NÃO ME RETENHAS

Oh, não me retenhas, não posso
    mais permanecer!
Minha montaria está cansada, e o caminho
    é longo:
No entanto é preciso limpar de seus flancos
A maré cujas ondas espumam na extensão.
Eu ainda estava longe e já ouvia o seu
    trovão,
E a vaga comprimida desbordar sobre a
    praia.
Um corcel mais poderoso tremeria de medo
E não ousaria afrontar seu tumulto profundo.

Assim o viajante lhe suplicava em vão,
E ela se recusara a partir, a Estrangeira.
Ela tomou a brida e não mais a abandonou,
Procurando aquietá-lo e implorando-lhe
    ficar.

Lanço-me de joelhos nesta fria pedra,
E convido ao adeus os sentimentos passados;
Deixo contigo minhas lágrimas e minhas
    penas,
Para voltar apressadamente às coisas deste
    mundo.

Oh, vem! Regressa!
Que cadeias detiveram de súbito estes
    passos,
Tão rápidos outrora?
Deixa o inverno, a noite de tua mansão,
E vem, oh, vem visitar-me ainda!

Era com os campos e a erva verdejante.
Quando a árvore em botão se aproximava
    da flor desabrochada,

Na beleza do céu mais calmo que a noite,
Vieste, um verão, pela primeira vez.

Não eram as flores o ornamento das planícies,
Não era o vento a frescura dos perfumes;
Mas um dia os céus de verão hão de voltar
E não mais assombrarás estes lugares com
      a tua imagem.

....

Rugindo a tempestade volteia em torno ao
      grande pátio,
Girando de cúpula em cúpula e batendo em
      cada porta.
E os pilares, o teto, as paredes de granito,
Estremecem como um berço aos seus rugidos.

O pinheiro que se ergue junto ao poço
      enfeitiçado,
Não pode mais saudar a vinda do verão:
Foi bastante a rajada para partir o gigante,
Que jaz atravessado no caminho.

Mal acabou de passar o fúnebre cortejo
Durante tanto tempo retido pelo vento e
    pela neve.
Mas como agora poderão voltar ao lar,
Talvez o sol nos revele amanhã.

. . . .

Por que viver aqui embaixo numa espécie
    de sono,
Quando o coração se torna pesado de uma
    triste fadiga?
Por que viver aqui embaixo numa espécie
    de sono,
Quando o dia parece mais morno do que a
    noite?

Mas talvez a bruma, no mais alto do sol,
Venha a se dissipar
E minha alma, sedenta, esqueça a sua dor.
E o último raio, as rosas do poente,
Anunciarão, quem sabe, um límpido
    amanhecer.

....

Ó noite!
Por que deves trazer o luto de tua luz?
Por que será que o sol
Lança um último raio mais frio que um
        inverno?

Silêncio!...

A mesma alegria continua a velar em nosso
        riso,
Mas já a idade, ai de nós! tomou lugar em
        meu coração.

ONDE ESTÁS AGORA

Ó sonho, onde estás agora?
Os longos anos já passaram,
Depois que sobre tua fronte
Eu vi a luz morrer,
E devagar tornar-se em podridão.

Ai de nós! Ai de nós! Ó desgraçada,
Eras loura e bela
E faiscante!
Eu não podia imaginar

Que o único fruto de tua imagem
Seria o desespero.

O raio de luar, a tempestade,
E as noturnais, deusas do verão,
A noite silenciosa,
Na calma solene,
A lua ronda, o céu puro,

Outrora,
Eram a trama de teu ser,
Mas já não são mais do que um manto
        exausto
De dores e de penas.
Ó tu que desamparaste o meu olhar,
Já é sofrer bastante
Ter visto para sempre se extinguir a tua luz!

O SOL ACABAVA DE DESCER

O sol acabava de descer para a
 noite,
Sobre as mansas colinas
Onde a erva se mistura ao pesado maciço
 das árvores.
E a terra era bela,
Mais bela e solitária
Como jamais a brisa a tinha visto,

A brisa terna,
Que torna a erva mais fresca ao cair do dia,

Que dá às vagas azuis mais vida e brilho,
E entreabre de repente as frágeis nuvens
 brancas,
Que parecem ser ao longe
Os fantasmas dos orvalhos celestes
Fugindo.
E tinham volteado durante a manhã inteira
Sobre as flores do azul, celeste alimento.

Agora se vão para os céus dos regressos,
Que primeiro conheceram seu glorioso
 esplendor.

ONDE POIS ESTAVAS TU

Onde pois estavas tu? Em vão
te procurei.
Um olhar brilhou, acreditei reconhecê-lo,
Mas em torno desta fronte brincavam cachos
negros;
O olhar cintilava como se fosse estranho astro
À minha alma extasiada.

E eu sentia meu coração, angústia de meus
olhos,
Abandonar-se de repente à doçura de um
sonho.

Tremia à ideia de saber seu nome,
E no entanto eu me inclinava e esperava
    sua voz,
Esta voz que eu jamais tinha ouvido,
Que me falava docemente dos antigos anos,
E parecia despertar uma imagem longínqua.
Lágrimas subiam, e queimavam os meus
    olhos.

....

Permaneci no limiar, imóvel, um instante.
Olhei a amplidão;
E vi os céus, o círculo das montanhas
Negras.
A lua em meio à sua viagem era um claro
    navio
Vogando de alto bordo no oceano do espaço.
O vento passava como um murmúrio,
Estranhamente povoado de ecos e fantasmas.

E foi então que franqueei os muros
Da sombria prisão que me serve de lar,

E que eleva seu mistério sobre a planície
 vazia.

....

Oh! vem, segue-me, dizia a canção de
 passagem:
A lua esplende, bela, nos outonos do céu;
É tempo de vir.
Há muito esgotados por um trabalho inglório,
Os olhos e a cabeça pedem repouso.

Vem!

ESTOU DE PÉ NA FLORESTA

E agora, estou de pé na floresta,
No mesmo lugar, à mesma hora.
Aqui as árvores verdes brilham sob a luz
E mais abaixo vejo um lago, onde se agita
         sem descanso
A minúcia das rugas flamejantes.

A brisa canta bem a sua música de verão,
Tal como deve ser cantada nos verões do céu,
Na tenda dos ramos,
No paraíso das árvores,
E eleva ao céu o entrelaçado da sua glória.

O murmúrio das folhas se une ao dos galhos,
Para celebrar o orgulho e as beatitudes.
O azul se abre sem limites
Sobre os montes em torno como o repousar
    de um beijo.

Mas ele,
Onde pode estar neste dia, a esta hora?
— Tu não saberias ocultar estas vozes
    secretas.
Não insistirei, porém dize-me somente
Onde pode estar o teu amante.

Ter-se-á perdido em longínqua praia?
Ou voga sobre o oceano?
Ou então este coração que tu adoras,
Talvez não saiba guardar a fé jurada?

— Não, este coração, meu amor e motivo de
    teus risos,
É mais fiel do que a tumba.
Nem a terra estrangeira,

Nem as vagas do oceano
Não me puderam roubá-lo ainda.

— Por que então esta fronte sob nuvens
          escuras,
E estes olhos onde as lágrimas fazem descer
          a noite?
Mas responde desta vez: talvez...
Serás tu a infiel?

— Uma noite, sonhei:
A tempestade era negra,
Como uma horda corriam os ventos de
          inverno.
Eu sonhei...

....

ÚLTIMAS PALAVRAS

Eu não podia saber como é duro e
 cruel
Pronunciar a palavra Adeus;
Hoje no entanto volto como suplicante,
Para juntar às orações do coração a voz dos
 lábios.

A colina deserta e o inverno matinal,
Bem como a árvore de séculos nodosos,
Podem despertar o desprezo da tua alma:
Acharei para eles um desdém semelhante.

Tenho o direito de esquecer teus olhos
      negros,
Suas sombras,
E o encanto fascinante de teus lábios
      pérfidos.
Não renegaste as promessas sagradas
Que outrora formularam os teus lábios
      sem fé?

Se basta ordenar para forçar o teu amor,
Se ele se deixar deter pela razão das paredes,
Não saberei obrigar uma alma a se afligir
Com semelhantes traições e friezas desta
      espécie.

Pois sei que existe mais de um coração
Que, ligando-se ao meu,
Por uma longa prova assegurou este laço.
E sei de um olhar cujo brilho passageiro
Durante muito tempo dividiu comigo o seu
      calor bendito.

Estes olhos serão para mim o Tempo e a
    Luz.
Minha alma com seu auxílio enfim se
    evadirá.
Eles expulsarão de mim os sonhos insensatos,
E as sombrias litanias onde a memória se
    aconchega.

DORMINDO

Nunca encontrei a felicidade
   dormindo;
A memória se recusa sempre a morrer,
E votei minha alma ao secreto mistério,
Para viver e suspirar de esperança e
   nostalgia.

Nunca encontrei o repouso dormindo;
Pois as sombras dos mortos,
Que meus olhos acordados nunca saberiam
   distinguir,
Assaltam minha cabeceira.

Nunca encontrei a esperança dormindo:
No mais intenso da minha noite, eu os vejo
       chegar,
E estender sobre as paredes de profundas
       trevas
O mais espesso véu do seu triste cortejo.

Nunca encontrei a coragem dormindo,
Onde eu teria podido arrancar uma força
       nova;
Mas o mar em que vago é batido pelas
       tempestades,
E a onda é mais negra.

Nunca encontrei a amizade dormindo,
Para acalmar a dor e me ajudar a sofrer;
Os olhares da noite são pejados de desprezo
E me deixam abandonada ao meu desespero.

Nunca encontrei o desejo dormindo
Para atiçar o fogo morto do meu coração.
Meu único desejo é atingir o esquecimento
E o sono eterno em que mergulha a morte.

OH! A QUEDA DAS FOLHAS

Oh, a queda das folhas,
A morte lenta das flores,
A sombra sem fim das noites
E o dia esfacelado!

E no entanto cada folha
Fala-me da felicidade,
E voa alegremente
Da velha árvore de outono.

E me verão sorrir
Às coroas de neve,
Às brancas florações
Que devastam as rosas.

E me ouvirão cantar,
Quando a noite desfalecente
Anunciar tristemente
O dia escuro e deserto.

SUPLICA EM MEU FAVOR

É preciso agora que teus olhos
    claros se pronunciem;
Já a Razão com sua fronte desdenhosa
Ri-se da minha derrota e zomba da minha
    desgraça.
Oh! usa uma doce linguagem e pede em
    meu favor,
Proclama o segredo que te fez o meu eleito!

A Razão gravemente se apresta a me julgar,
No triste aparato de suas formas severas:

E tu, meu defensor, permanecerás mudo?
Belo anjo radioso, faze conhecer a meus
    juízes
Por que tornei a lançar o mundo longe de
    mim,

Por que me recusei a seguir os caminhos
E as vulgares veredas onde se comprime a
    multidão,
E caminhei longamente pela estrada
    estrangeira,
Sem me incomodar com a riqueza ou o
    poderio,
Com a coroa da glória ou os prazeres
    florescidos.

Por seres divinos eu os tomei outrora,
E pude votar-lhes os acasos da minha alma,
E trazer aos seus altares inesperadas
    oferendas.
Mas se reconhece mal uma oferta distraída:
Meus presentes não atraíam senão justo
    desprezo.

Então, com ardente coração, fiz voto para
	sempre
De esquecer desde aí o caminho dos altares.
A te adorar votei enfim o meu espírito,
Ó tu, o universal, e no entanto o Fantasma —
O escravo, ou então o amigo, o rei da minha
	alma!

Escravo, pois sempre serei o teu senhor,
E sei vergar-te aos caprichos do ser
E de anjo benfeitor mudar-te em demônio.
Amigo, pois fiel às minhas noites e aos
	meus dias,
És o companheiro dos secretos encantos

E a chaga bem-amada que dilacera e
	queima,
Que arranca um pouco de felicidade à
	passagem das lágrimas,
Tornando-me mais forte às desgraças deste
	mundo.
A prudência queria que o teu humilde servo
Recusasse a obedecer — e no entanto és rei.

E acaso podem reprovar que se sirva a
    uma fé,
Se a dúvida é morta e a esperança é
    triunfante,
Se acho no coração a resposta aos meus
    votos?
Oh! pede em meu favor e fala, Deus dos
    Sonhos,
Proclama o segredo que te fez o meu eleito!

MINHA ALMA NÃO TEME COISA ALGUMA

> Estes versos foram os últimos
> que minha irmã Emily escreveu.
>
> CHARLOTTE BRONTË

Minha alma já não teme coisa
    alguma,
E a escura tempestade em que sem descanso
    o mundo
Gira,
Não mais a abalará:
Já vejo a glória dos Céus extasiantes,

E a fé que resplandece no fogo de sua
   armadura
Aniquila o medo no meu ser.

Ó Deus que eu trago dentro em mim,
Deus todo-poderoso, Presença universal!
És a Vida — em meu seio Tu repousas,
E minha eternidade encontra em Ti o seu
   poder!

Vejo a vaidade nas suas múltiplas nuances,
Onde o homem alimenta a força do seu
   coração:
E vejo esta vaidade e a sua impotência
Fanadas e mortas como a erva dos campos,
Como a espuma louca das vagas no oceano,

Tentando inutilmente reanimar a dúvida,
Quando a alma já está sã e salva,
Aprisionada para sempre a Teu Ser infinito,
Através de uma certeira âncora
Lançada ao rochedo imutável da vida
   eterna!

Teu sopro, com amor, abraça os espaços
E penetra com sua vida os séculos eternos,
Espalha-se como um rio e cobre o nosso
      mundo,
Mudando ou preservando as coisas,
Dispersando-as, criando-as, trazendo-as à
      vida.

E se viesse o fim deste mundo e o fim dos
      homens,
O fim dos universos, a ruína dos sóis,
Se apenas Tu ficasses,
Serias ao mesmo tempo todas as existências.

A Morte se esforça em vão para achar um
      espaço,
Mas seu poder não pode aniquilar um
      átomo sequer.
Tu és o Ser e o Sopro,
Nada poderia abolir as Tuas formas.

COLEÇÃO RUBÁYIÁT

Os mais belos poemas da literatura universal. Admiráveis traduções de Lúcio Cardoso. Volumes iniciais:

1. A RONDA DA ESTAÇÕES, de KÂLIDÂSA
2. O LIVRO DE JOB
3. O VENTO DA NOITE, de EMILY BRONTË

A primeira edição deste livro foi impressa nas oficinas da
CROMOSETE GRÁFICA E EDITORA para a
EDITORA JOSÉ OLYMPIO LTDA.
em janeiro de 2022.

★

90º aniversário desta Casa de livros, fundada em 29.11.1931